CHARLES MANSO

LESURQUES

A LA CONCIERGERIE

Monologue dramatique en un acte, en vers

AVEC

BIOGRAPHIE ET NOTES HISTORIQUES

Prix : 50 Centimes.

LILLE

IMPRIMERIE CAMILLE ROBBE, RUE NOTRE-DAME, 209.

—

1874

CHARLES MANSO

LESURQUES

À LA CONCIERGERIE

Monologue dramatique en un acte, en vers.

AVEC

BIOGRAPHIE ET NOTES HISTORIQUES

Prix : 50 Centimes.

LILLE

IMPRIMERIE CAMILLE ROBBE, RUE NOTRE-DAME, 209.

1874

L'HOMME & DIEU

L'homme a jugé ; le glaive tombe
Et tue... ô stupéfaction !
L'homme s'est trompé... de la tombe
Sort un martyr dans un rayon !

L'homme, surpris, lave son glaive,
Son glaive terrible et trop prompt ;
Le martyr vers le ciel s'élève,
Dieu s'avance et le baise au front !

Puis, penché sur l'homme, il écoute :
Rien... le drame sombre est passé.
Et Dieu, de la céleste voûte,
Regarde d'un air courroucé !

AVANT-PROPOS

Tout le monde connaît le sombre et déplorable procès de Joseph LESURQUES et de ses prétendus complices, accusés de vol et d'assassinat dans l'attaque nocturne du *Courrier de Lyon*. Tous les cœurs sensibles ont donné une larme ou un regret à cet honorable citoyen, à ce tendre père de famille, arraché brusquement des bras de ceux qu'il aimait, traîné devant les tribunaux, condamné et exécuté en place publique ... au moment où il venait de réaliser une fortune qui lui permettait de se consacrer entièrement aux joies de l'intérieur, à l'éducation de ses jeunes enfants.

Et pourtant mille faits vraisemblables concouraient à démontrer l'innocence de cet infortuné. Courriol, l'un des véritables assassins, ne cessa de répéter jusqu'au pied de l'échafaud que Lesurques était innocent ; que sa fatale ressemblance avec Dubosc, le vrai coupable, pouvait seule causer cette méprise. On n'en tint pas compte.

Après la dernière séance, au moment où les jurés venaient de se retirer pour délibérer, la fille Marie Bréban, maîtresse de ce même Courriol, pénétra tout-à-coup dans la salle du tribunal et s'écria qu'elle avait des révélations importantes à faire.

— *Il est trop tard*, répondit séchement le président Gohier, les débats sont fermés ! Et comme cette réponse causait quelques rumeurs au banc des avocats, il se décida à entendre la déposition de cette femme, à titre de renseignements : — « Citoyens, dit-elle, avec l'accent de la terreur, des six accusés que l'on va peut-être condamner tout-à-l'heure, un seul est coupable, c'est Courriol, avec qui j'ai eu le malheur d'avoir des relations intimes. Guesno et Lesurques sont victimes de leur ressemblance avec deux des véritables assassins nommés Vidal et Dubosc. Guesno ressemble à Vidal, Lesurques ressemble à Dubosc, et cette ressemblance a été d'autant plus grande, que Dubosc, le jour du crime, s'était affublé d'une perruque blonde. » Allons, fit le président, tout cela a été dit, et puis, encore une fois, *les débats sont fermés.*

Ce trait seul suffirait à prouver l'inconcevable partialité du président. N'est-ce pas le devoir d'un magistrat, non seulement d'accueillir avec empressement, mais de rechercher tout ce qui peut jeter la lumière dans une affaire mystérieuse? Trop tard !.. Il le fut le 30 Octobre 1796... Ce jour là, le couteau, en faisant tomber la tête de Joseph Lesurques, fit jallir le sang sur le front du président Gohier, et le marqua d'une tache indélébile !

S'il est un souvenir capable de nous amener à faire des réflexions sur la peine de mort, c'est assurément celui de l'infortuné Lesurques. On se demande alors, si l'homme, sujet à l'erreur, a le droit de tuer judiciairement son semblable, et de toucher ainsi à ce qui semble n'appartenir qu'à Dieu ... Mais notre intention n'est pas d'aller plus loin ; d'autres avant nous ont développé cette idée avec un talent et une éloquence que nous chercherions en vain sous notre plume.

En écrivant cette scène nous n'avons eu qu'un but : réveiller la douloureuse sympathie à laquelle a droit cette intéressante famille victime d'une erreur judiciaire.

Nous croyons avoir peint Lesurques tel qu'il était, sans exagération de sentiments, d'après les renseignements puisés dans son procès ; nous croyons également ne lui avoir rien fait dire qu'il n'ait dit ou pensé (le lecteur pourra s'en convaincre par les notes qu'il trouvera à la suite de ces lignes). Jugeant cet homme d'après son attitude calme et digne devant ses juges, courageuse et résignée devant la mort ... d'après ses réponses qui prouvaient un cœur droit et généreux. Nous avons essayé de comprendre et d'exprimer ce qui devait se passer dans le cœur de cet époux, de ce père, si terriblement éprouvé, au moment où sa dernière espérance s'est envolée !

On a fait un grand drame très-émouvant sur ce sujet, qui a pour titre : *Le Courrier de Lyon*. L'action a obligé les auteurs à donner à Lesurques un père qui n'existait plus, et une fille en âge de se marier. Cette modeste scène de la prison qui ne demandait aucun effort d'imagination, nous a permis de rester dans les limites du vrai. La proposition de fuite seule s'en écarte ; mais la noble fermeté dont Lesurques a fait preuve jusqu'à l'échafaud, nous fait supposer que, si ce moyen de salut lui eut été proposé, il eut agi comme nous l'avons fait agir.

Le lecteur comprendra du reste que nous avons dû avoir recours à cette fiction pour mouvementer un peu la scène, et rompre ainsi, autant que possible, la monotomie qu'un monologue entraîne toujours après lui.

Quelques mots de biographie :

« Joseph Lesurques appartenait à une des plus honorables familles de Douai, où il était né. — A l'âge de dix-sept ans, il s'était engagé dans le régiment d'Auvergne, où il avait atteint promptement le grade de sergent.

Mécontent de ne pouvoir atteindre plus haut, les épaulettes d'officier appartenant alors exclusivement à la noblesse, il avait quitté le service. Les évènements de 1789 lui ouvrirent bientôt une voie nouvelle ; il se jeta dans les affaires, acheta et revendit des biens nationaux, se maria et parvint à se faire une fortune d'environ dix mille francs de revenu. Devenu père de trois enfants et voulant conserver son indépendance, il résigna sa place de chef de bureau du district de sa ville natale, qui lui avait été donnée sans qu'il l'eût sollicitée, et vint, au commencement de 1795, s'établir à Paris, où il se proposait de s'occuper exclusivement de l'éducation de ses enfants. »

C'est dans la nuit du 27 au 28 avril 1796 (8 floréal an IV de la république) qu'eut lieu l'attaque de la malle-poste faisant le service entre Paris et Lyon. A quelque temps de là, Lesurques se trouvant, par hasard, dans le bureau central de police de Paris, où il accompagnait un de ses amis nommé Guesno, des témoins appelés pour faire leur déposition au sujet de l'assassinat du Courrier de Lyon, crurent les reconnaître pour être deux des cavaliers qu'ils avaient vus le 28 avril, et qu'on présumait être les assassins. »

Tous deux furent arrêtés.

Soixante-dix-sept années ont passé en essayant de jeter la poussière de l'oubli sur ce drame sanglant, Lesurques n'est pas encore réhabilité... Son innocence est prouvée depuis soixante-treize ans, et son nom reste flétri sur le livre de la Cour d'assises... L'heure de la justice ne doit-elle donc jamais sonner pour lui ?

Il y a quelques années (1), un espoir, qui devint bientôt presque une certitude, avait lui : on venait de retirer le dossier de la pauvre victime des vieux casiers poudreux, où il était enseveli depuis si longtemps, et l'ombre de Joseph Lesurques comparût de nouveau devant le tribunal des hommes. Son avocat le défendit vaillamment, la France entière s'en était émue et attendait pour applaudir des deux mains à cet acte tardif de réparation. Hélas ! au moment suprême, tout cet édifice d'espérance vint s'écrouler devant un *vice de forme*... pauvre Lesurques ! la fatalité le poursuivait encore au-delà, bien au-delà de la tombe !...

Certains critiques trouvèrent un autre sens à cette fâcheuse décision : ils dirent que la réhabilitation entraînant avec elle la restitution de la fortune de la victime, laquelle avec les intérêts des intérêts pouvait s'élever à six millions de francs, on ne restituait pas volontiers une pareille somme... Nous repoussons énergiquement une telle supposition ! Nous nous plaisons à mettre la Justice française au-dessus de ces calculs honteux !

Mais c'est avec un pénible étonnement que nous avons constaté l'absence de ce chapitre dans le code criminel « Réhabilitation, réparation en cas d'erreur judiciaire. » Il est vrai que nous ne comprenons la législation qu'avec le simple bon sens. En effet, il y a deux jugements rendus, deux têtes sont tombées pour un même crime... évidemment il y a un innocent, sa mémoire ne peut rester flétrie, elle a droit à une éclatante réparation ! On ne peut, nous dit-on... mais s'il n'y a pas de loi pour cela, faites-en une !

Il y a là une regrettable lacune.

On représente la Justice tenant dans la main droite le glaive qui frappe ; elle est faillible, ce procès le prouve, nous serions heureux de la voir ayant dans la gauche ce qui peut réparer, autant que faire se peut — le mal involontaire que peut commettre l'autre.

Nous avons l'espoir qu'il en sera ainsi un jour.

---

(1) Sa fille, Virginie Lesurques, existait encore à cette époque.

LESURQUES A LA CONCIERGERIE

MONOLOGUE HISTORIQUE EN UN ACTE, EN VERS

Par Charles MANSO

PERSONNAGES :

Joseph LESURQUES.

Le Géolier (Personnage muet.)

Deux Enfants (Personnages muets.) Un petit Garçon d'environ six ans ; une petite Fille de quatre ans. — Les enfants sont vêtus de noir.

29 Octobre 1796

Le théâtre représente un cachot ; à gauche du spectateur, une table grossière, un escabeau. — Au lever du rideau, Lesurques est assis près de la table, dans une attitude pensive. — Demi-jour en scène.

Lesurques , seul.

Le Conseil des Cinq-Cents rejette mon pourvoi (1),
Mon dernier espoir fuit, c'en est fait, je le voi,
Je dois mourir... Mon Dieu, donne-moi du courage,
Ainsi qu'un naufragé j'ai lutté sous l'orage ;
Ma planche de salut se brise et disparaît,
Le suprême Conseil maintient l'injuste arrêt...
Je leur pardonne à tous, que mon sort s'accomplisse (2).
Mais permets que je montre à l'heure du supplice,
Puisque c'est en ce jour ma tête qu'il leur faut,
Comment un innocent la porte à l'échafaud !

De ce fatal procès on gardera mémoire,
Comme un reproche amer il sera dans l'histoire ;
Trop tard de leur erreur mes juges reviendront,
Attérés, sur leur siége alors ils frémiront,
Plus pâles, plus tremblants que leur triste victime !..
En rappelant ce jour, en rappelant ce crime ,
Fais qu'on dise : Lesurque à l'échafaud monta,
Calme, comme le Christ allant au Golgotha !
(Une pause)
L'échafaud, malgré moi je tremble, je frissonne...
(Il se lève).
Je vois le sombre char, j'entends le glas qui sonne,
Je vois la multitude au sanguinaire instinct
Autour de l'instrument du docteur Guillotin...
Je vois le couperet, la sanglante bascule,
Un long frémissement dans mes veines circule,
J'ai peur !.. peut-on ainsi tuer un innocent ?
Ces hommes, ces bourreaux, ont donc soif de mon sang !
— Ils vont me tuer, moi, mais, chose plus infâme,
Le même coup atteint mes enfants et ma femme !
Inqualifiable arrêt, monstrueux attentat,
Mes biens sont confisqués au profit de l'État (3) !...
Oh ! la fatalité nous étreint dans sa serre :
Au père l'échafaud, aux enfants la misère !
Orphelins dépouillés, on les verra demain
Sans pain et sans asile errer sur le chemin...
Mais cela se peut-il, Seigneur, sans que ta foudre
Broie à l'instant le front des coupables en poudre ?
Sans qu'un ange vengeur abandonnant les cieux
De mes juges trompés ne dessille les yeux ?

Mais c'est à renier ta justice divine !
C'est à se déchirer la face et la poitrine,
C'est à bondir de rage, à perdre la raison,
A se briser le crâne aux murs de sa prison !
(Il tombe accablé. Après un temps).

C'est mal, j'ai blasphémé... Pitié, Seigneur, pardonne,
Je souffre, et par moment la force m'abandonne.
Rends le calme à mes sens, daigne me soutenir ;
Dans un instant, ici, mes enfants vont venir.
Seul rayon éclairant cette nuit qni m'accable,
Seul adoucissement à l'arrêt implacable.
(S'attendrissant).

Pauvres anges, je vais pour la dernière fois
Baiser vos jeunes fronts, presser vos frêles doigts.
(Passant la main sur ses yeux).

Oh ! cette émotion, il me faut la combattre.
(Se levant et écoutant) Trémolo à l'orchestre.

Je sens mon pauvre cœur dans ma poitrine battre...
(Bruit de verrous au dehors).

Le verrou grince et crie... Oh ! mon Dieu, les voici.
(La porte s'ouvre, le geolier introduit les enfants ; Lesurques s'élance
vers eux et les couvre de baisers).

Mes enfants ! mes enfants !.. mes bien-aimés...
(Au geolier).

Merci,

Laissez-nous un instant.
(Le géolier sort).

Mes anges aux fronts roses,

Aux yeux d'azur limpide, aux lèvres demi-closes,
Là, bien près de mon cœur, venez, approchez-vous,
Laissez-moi m'ennivrer de vos regards si doux.

Vous ne pouvez comprendre, enfants, ce qui se passe
Ici, dans ce moment, ni quelle large place
Vous tenez dans ce cœur qui demain sera froid.
Si la mort qui m'attend me cause de l'effroi
Ce n'est pas que je tienne à cette vie amère,
C'est quand je pense à vous, à votre pauvre mère,
Qui ne survivra pas à ce terrible coup...
Ma fille !

(Il la prend et la pose sur ses genoux).

     Noue encor tes bras blancs à mon cou,
Comme tu le faisais dans un temps plus prospère.
— Et penser que demain ils n'auront plus de père !
Qu'ils seront orphelins et pauvres ici-bas...

(Les enfants essuient leurs larmes).

Ils pleurent... et pourtant ils ne comprennent pas !
Dieu, ce jour est terrible et cette heure est suprême,
Tu vois ce que je souffre et combien je les aime,
Daigne au moins accomplir ce vœu dans l'avenir :
Qu'au cœur de mes enfants reste mon souvenir !

(Aux enfants).

Chers êtres adorés, pauvres agneaux timides,
Regardez ce cachot aux murailles humides,
Gravez tous ces détails dans vos jeunes esprits,
Promenez vos regards effrayés et surpris
Sur ces portes de fer, sur ces objets étranges,
Qui, sans savoir pourquoi, vous font peur, mes chers anges ;
Rappelez-vous ce jour solennel et ce lieu,
Mes larmes, mes baisers et mon dernier adieu.
— Un jour, en flétrissant mon nom et ma mémoire,

De ce drame funeste on vous dira l'histoire,
Des hommes, abusés, — ou peut-être à dessein,
Vous diront : Votre père était un assassin !..
Oh ! ne les croyez pas !.. rappelez-vous cette heure,
Regardez, mes enfants, sur vos têtes, je pleure,
Je jure devant Dieu qui m'entend, cette main
Peut s'étendre sur vous pure de sang humain !
— Maintenant, à genoux sur ces dalles de pierre,
A Dieu je veux pour vous adresser ma prière.
Les enfants s'agenouillent. — Musique triste et douce).

» Mon Dieu, veillez sur eux, pauvres déshérités,
» Demain ils n'auront plus de père à leurs côtés ;
» Guidez leurs pas tremblants dans cette route amère,
» Laissez longtemps encor près d'eux leur tendre mère ;
» Faites-les doux et bons, probes, laborieux,
» Qu'ils vivent en chrétiens, que le vice odieux
» Ne flétrisse jamais ces fronts purs et candides
» Où je pose mes mains et mes baisers humides,
» Et daignez écarter de leurs lèvres, mon Dieu,
» La coupe des douleurs que je vide en ce lieu ! »
(Bruit de verrous au dehors).

Déjà ! moment fatal... je sens mon cœur se fendre,
Comme le temps fuit vite ! on va me les reprendre.
(Le geolier entre).

Ils vont vous suivre.

(Aux enfants).

Adieu, mes anges aux doux fronts,
Il faut nous séparer, mais nous nous reverrons
Dans un monde meilleur... Cette chère espérance

De cette heure d'angoisse adoucit la souffrance.
Je vous bénis, allez, à la grâce de Dieu...
Encore un long baiser.

(Il les embrasse convulsivement).

Et maintenant... Adieu !

(Au geolier d'une voix étouffée par les larmes).

Emmenez-les...

(Il revient vers la table ; au moment où les enfants vont franchir le seuil
de la porte, il se retourne, court vers eux et les étreint dans ses bras
en sanglotant, puis redescend la scène, s'assied et se cache la figure
dans les mains. — Le geolier fait sortir les enfants, regarde Lesurques,
laisse tomber un papier, et sort').

Seigneur, j'ai vidé le calice...
Ah ! vienne maintenant le moment du supplice,
Je ne puis souffrir plus.

(Après un temps, apercevant le papier)

Mais, qu'est-ce cela ?

(Il se lève et le ramasse.)

Un billet ! mais comment peut-il se trouver là ?

(Il lit)

» Par un hasard, providentiel, sans doute, j'ai découvert que
» ton geolier était un ex-soldat de ton régiment... j'ai tenté une
» démarche près de lui ; il croit à ton innocence ; touché par mes
» prières et mes larmes, il a consenti à te faire évader. Muni de
» deux passeports et de déguisements, il viendra te chercher, quand
» descendra la nuit, vous partirez ensemble... Demain, avec l'aide
» de Dieu, vous serez à la frontière, bientôt je viendrai te
» rejoindre, et il y aura encore du bonheur pour nous. — Espoir
» et courage. — Ta femme bien-aimée. »

(Avec éclat)

Sauvé ! sauvé !.. Voyons, j'ai bien lu ce me semble :
» Quand descendra la nuit, vous partirez ensemble. »

Partir... la liberté ! l'air pur et le soleil !
Mon Dieu, je rêvais donc, et voici le réveil...
Les juges, l'échafand, ce cachot triste et sombre,
Tout cela s'engloutit et disparaît dans l'ombre,
Et moi, sous le ciel bleu, dans les champs, dans les bois,
Je m'élance joyeux, libre comme autrefois ;
Je revois mes enfants, ma femme... Ah ! je suis ivre,
Mon front brûle, de l'air... je veux fuir, je veux vivre !

(Il va vers la fenêtre). Tout-à-coup :

Fuir... Qu'ai-je dit? moi, fuir comme un vil malfaiteur ?
Mais de ce crime affreux c'est m'avouer l'auteur,
On flétrira mon nom, on me croira coupable,
C'est une lâcheté dont je suis incapable !
Non, je dois protester jusque sur l'échafaud,
Y monter sans trembler, et porter le front haut
Comme un autre le porte au milieu d'une fête !
Et sous le couperet s'il font tomber ma tête,
Ces juges sans pitié, s'il font couler mon sang,
Qu'il en tache leurs fronts à jamais, Dieu puissant !.. (4)

(Pendant cette dernière scène le cachot est devenu obscur insensi-
blement. — Le geolier entre mystérieusement, des vêtements sur
le bras, une lanterne sourde à la main.) Au geolier :

Vous venez m'apporter la liberté, la vie,
Tout ce qu'on peut aimer, tout ce qui fait envie...
Merci, cent fois merci, pour un tel dévouement,
Mais Lesurques ne peut fuir ainsi nuitamment ;

(Le géolier fait un geste de surprise)

Tranquille devant Dieu, fort de mon innocence,
Je ne dois, ni ne veux m'éloigner de la France,

Cette fuite honteuse entacherait mon nom,
Et la vie à ce prix, non, je n'en veux pas, non !

(Lui prenant les mains.)

Quant à vous, noble ami, que Dieu vous récompense,
Je ne puis vous parler de ma reconnaissance,
Le sort a décidé, mes jours sont révolus,
Quelques heures encore et je ne serai plus…
Elle sera pourtant éternelle et profonde,
Si l'âme se souvient au-delà de ce monde…

(Lesurques revient s'asseoir près de la table, le geolier après l'avoir
regardé un instant avec une douloureuse admiration, sort lentement)

J'ai fait ce que peut faire un faible cœur humain,
Seigneur, je me résigne et bénis votre main.

(Le rideau tombe.)

NOTES

(1) *Le Conseil des Cinq-Cents rejette mon pourvoi.*

L'ordre du jour fut voté : Lesurques en reçut avis sans manifester de faiblesse : Il se prépara à mourir, et reçut dans sa prison les derniers adieux de sa famille et de ses trois enfants.

(2) *Je leur pardonne à tous, que mon sort s'accomplisse.*

Lorsqu'il arriva à la charette qui devait le conduire au supplice, il y trouva Courriol et Bernard. Courriol avait conservé tout son sang-froid. — Monsieur Lesurques, dit-il, j'espère que vous me rendrez la justice de reconnaître que j'ai fait tout ce qui dépendait de moi pour que votre innocence fut reconnue.

— Je le sais, répondit Lesurques, et je vous pardonne comme j'ai déjà pardonné à mes juges ; car je ne veux pas, au moment de quitter ce monde, avoir le moindre sentiment de haine.

(3) *Mes biens sont confisqués au profit de l'État.*

Lesurques ayant été condamné solidairement avec ses prétendus complices, toute sa fortune (qui s'élevait à dix mille francs de revenus au moins), fut saisie par le fisc, et sa mère, sa femme et ses trois enfants furent reduits à la plus affreuse misère. C'en était trop pour les forces morales de ces malheureuses femmes, leur raison s'altéra, et il fallût les placer dans une maison d'aliénées.

(4) *Qu'il en tache leurs fronts à jamais, Dieu puissant !*

En entendant prononcer cette sentence qui le condamnait au dernier supplice, Lesurques parut d'abord vivement ému, mais il se remit promptement, le sentiment de son innocence lui rendit toute son énergie, et ce fut d'une voix forte et bien accentuée qu'il dit en promenant ses regards sur l'assemblée :

— Citoyens, le crime dont on m'accuse est horrible et mérite la mort ; mais, s'il est affreux d'assassiner sur une grande route, il ne l'est pas moins d'abuser de la loi pour frapper un innocent. Un moment viendra où mon innocence sera reconnue, et c'est alors que mon sang retombera sur la tête des jurés qui m'ont si légèrement condamné et du magistrat partial qui les a influencés.

(Les notes et les citations mises entre parenthèses sont prises dans les Causes célèbres, le *Courrier de Lyon*. — *Affaire Lesurques*, par M Duverger, avocat).